詩集

読みづらい文字

下地ヒロユキ

コールサック社

詩集

読みづらい文字

目次

詩集

読みづらい文字

下地ヒロユキ

朝のさんぽ

朝のさんぽはすがすがしい。休日ともなればなおさらだ。いつもの浜辺へと向かう。

いっぽ、にほ、さんぽ・・・両足に激痛が走る。見ると膝から下が無い。どっと倒れ込むと両腕だけで身体をひきずり、潮の香りに満ちた浜辺に辿り着く。砂浜に身体を横たえ、朝の静かな白い海を眺める。微風ひとつない凪の海。

急に昨夜のことを思い出した。深夜、金縛りと息苦しさに目覚めると胸の上に足が乗っていた。膝から上は漆黒の闇で何も見えない。痩せ細り傷だらけの両足だけが私の胸を押し潰していた。あの足には見覚えがあった。何度目の足かは覚えていないが確かに私の足だった。あの足で戦場を駆け回っていた。いや、逃げ回っていたのかもしれない。頭の中は敵のことなど何一つ考えていなかった。遙かな故郷の妻と産まれたばかりの息子のことだけを考えていた。

「会いたい・・・」

浜辺のそばの小さな岬の奥。モクマオウ林の最も大きな樹の根元に、私だけの秘密の墓をこしらえてある。そこを掘り返すと何千年、何万年分、かつて私のものだった足たちが眠っている。私の愛しい無数の足たち。私はその中から比較的、痛みの少ない両足を探し出すと、とりあえず装着して立ち上がった。年に一度、その墓に花をたむけ香を焚き、立ち昇る青白い煙を眺めていると、その時だけは過ぎ去った日々に胸の潰れる思いは薄れ、とても満ち足りた気分になれるのだ。すると、私を囲み輪になった足たちは歌いだす。

「ヨオンホヨオンデクル　ヨオンホヨオンデクル・・・」*

補足*「よんほよんでくる　よんほよんでくる」という意味。
亡霊たちは、か細くささやき、訛りが強く文字にすると読みづらくなる。

異《い》貌《ぼう》論

i

ももたろう缶詰

春の夜の夢は桃色の不安であふれ出していた。
ひとつ、人肌恋しくて
ふたつ、ふたの開け方よく知らず
みっつ、みんなに大不評[*1]！
悪名高い鬼ヶ島名物特産品
「ももたろう缶詰」いかがでしょう。

あの世でまったく売れません。
鬼印、無添加、無脂肪、防腐剤は一切無し、
もちろん遺伝子組み換えなんて
国家ぐるみの詐欺は一切使いません。
缶詰腐る前にあなたが腐ること保証つき
悪夢の土産におひとついかが。

もの珍しさに持ち帰ってしまったが、いまさら夢に返すことは不可能。英雄豪傑の人肉は僕のひ弱な胃腸では消化不良、毎日、下してさあ大変。魔境を越えるのは至難の業だと仕事中でも理不尽を嘆く、今日もいろいろなものをこぼす日だった。
外部はつねに内部にこぼれ轟《とどろ》く瀑布《ばくふ》・・・、数日前からどうしても思い出せなかった事にトイレで急に気づく。りりぃーりりりぃーりりぃー・・・草陰の虫の音、キャンプ、焚き火、浜辺の沈黙を逃し

た夜。潰れる日は好きな風景が見えない、そんな日もある、とゆっくり思考に還ったら「多くの仲間がいた戦時中より、ひとり生き残った平和の中の孤独で死にたくなった」そんな手記*2があったことを思い出す。静かに佇む人の心は常にざわめいている、気づいて欲しくない、気づいて欲しい・・・ゆれて潰れる。いやなことばだ。潰れることも潰すこともゆっくり用心して避けていこうと力を抜いて決心する。気づくと避けてきたことの多さにまたも潰れる。捨てなければならない過剰さが夢の中に無音で落下するままに思考の死を視つめる・・・。

身軽でいること、落とし穴に気をつけること、臆病者、軟弱者でいること、物や言葉や関係から遙かな遠さのなか薄明のように佇んでいること、その奥でゆったり呼吸していること、消えていく一歩手前で、生まれてくる一歩手前で、その地点で静かにゆれていること、そうしてゆっくり異臭を放ちながら清らかに腐っていくこと、ももたろう缶詰を食べながら桃色の不安とともに。

補足１＊数え歌の箇所はテレビ「桃太郎侍」のパロディ
補足２＊手記は宮良ルリ『私のひめゆり戦記』ニライ社より

ii

ヒビワレる鳥

鳥は静止したままヒビワレ続けていた。

そのまわりで私は驚いたり、青ざめたり、おろおろしたり、叫んだり、溜息をついたり、あらゆる解決策のための努力をしていた。遥かに人知を超えた、しかし芸術的なヒビの発生と進行過程。鳥にとってヒビワレるとは、どういうことだろう。

「それは風化・・・」突然、北の影がつぶやく。

例えば、私ならば日々の生活をひたすら耐え続け、忍従に釣り合うだけの慰めを求め、また助け合い、励まし、愛し合い、騙《だま》しあい、さらに反目し、貶《けな》しあい、憎みあい、殺しあい、やがては消耗しきっていくのだ。その過程で、私は希望や歓喜や徒労や絶望に由来するヒビワレを皮膚に刻み込んでいくのだ。

「それは老化・・・」東の影がつぶやく。

どちらにしても、私は何故、動揺ばかりしているのか。鳥のヒビワレは、むしろ静謐《せいひつ》な佇《たたず》まいを侵しがたく深め、それはそれでそのまま味わい深いのではないのか。

「それは非常識・・・」南の影がつぶやく。

時おり、鳥の透明なさえずりが聞えてくる。そのニュアンスに、やはり人知を超えた信仰的ともいえる、あの大いなるものの存在を感じた。

「それは幻聴・・・」西の影がつぶやく。

鳥のヒビワレ、佇まい、あるいは静止の仕方は、あまりに人間的な思惑から遠く離れ接触不能、解読不可能に思われるが、しかし決して無関係とはとても思えない。何故なら、それが無関係であるとは私にとって絶望に等しい事態なのだから。

＊

昼下がりの北西から射す暖かさと懐かしさと淋しさの入り混じった、死の沈黙のような光に包まれ鳥は、あまりに完璧で美しく私のあらゆる努力の甲斐もなくヒビワレが進行し鳥が崩れ去る、その時が来たとしても、鳥はその時こそ、あまりに巨大すぎて私の眼には直線にしか見えない、あの透明な虹色の球体の柔らかな表面を、歓喜の弧を描きながら滑空し飛び立つのか。あるいはただ重い塵芥《ちりあくた》に帰することで大いなるものの非在を証明するのか。信仰にぎりぎり歩みよる祈りの中で、ひとつの願いにすがりついたが急に不安がよぎった。北西の方角から四つの影のざわめきが聞えたのだ。

「お前はまだ静止の仕方を知らない。」

iii

かそせ・・・

かそせ・・・・・・、風のこと葉なのか*。

かすかなささやきのように、見ることはできない風だから、思い出が触れるように感じることはできる風だから、文字のように読むことはできない風だから。たとえば風と人の隙間に住むもの・・・断食の果てに餓死した僧侶ただ一人。よりそっているのは明け方の白い月、ゆれる青草、虫の音、それだけで完璧な無の強度を造形する景色。

かさかさ・・・・・・、今日という一日は墓の日として暮れることもある。死と向きあう街なみ、死者たちは墓石の重みで失語となり、読みづらい文字を風に託す。生者たちは棺のそばで午睡《ひるね》、明るすぎる街をさまよう夢を見つづけている。時おり遙かな遠さの天上から降り注ぐ読みづらい文字の秘密を解くために意地悪い神々にたたき起こされる。その夢は死の瞬間まで醒めることは無く・・・。

さらさらさら・・・・・、焼き場にて完全な無に還る日のために。生涯を忍耐し続ける価値は感情ではなく理性でもなく直感で突き抜ける。心が集まる場所はいらない、集まりすぎれば腐敗と醜悪が産まれる。ひとつは集まりではない、あつまり、よどみ、くさらない。ひとつの心はさびしく、よわく、やさしい、だから群衆の化石を視つめる。その上を一匹の青虫が這っている、すじはひかっている。

ひそひそひそ・・・・・・・、はりつめ裂けた者の発すること葉に耳を澄ます。かすかなささやきをけっして聞き逃さず、死者のこと葉を棺に納め歩み出す時刻。明るすぎる街に紅い陽がななめに射しはじめる、ひくつく青虫を指に這わせ、

風の姿によく似た僧侶の亡霊にそっとさしだす、

夕暮れに産まれる新しい風に吹かれながら・・・。

補足＊「かそせ」とは「風の集まる場所」という意味だという。
青森県の地名。同名の駅があるという。

iv　ふるえる地名

炙《あぶ》ればゆっくり浮かびあがる。速度は懐かしいのに風もなく砂混じりの眼が痛むのはこの地の風土とつぶやく夜。

（いつ始まるのか）夜を積み重ねすぎた人の朝焼けは遠くで雷雨にかわる。今は何を炙れば良いのか。紅を見ることには何の異論もない、ただ生死の転調するセミタケの時間の紅であって欲しいだけ。二度と眼を開けられないほどの想いはカミソリと同じ、止まらない血、紅は止まらない琥珀《こはく》に固めた夢。

（いつ浮かぶのか）沈みつづける音は沈黙、引き裂くように鼓膜の内側に在る、演奏不能の楽譜、読みづらい文字、空無に染まる画布。明晰に狂いながら生き延びることで頭がいっぱいになる夜、風土が突き刺さる地名を書くこころもふるえる。荒ぶる武者たちが次々と散って逝った夥《おびただ》しい亡霊たちの浮遊する草深い闇のひしめく地だ。

冥府《めいふ》の底まで続いているのか青々と苔むした石畳。

（いつ行くのか）春にはじめるのがいいことぐらいは分かる。自然に沿ってそっと行きたいのに行き場は無い、ここで生きるしか無い、ここはどこなのか分かったためしは一度も無い確信だけを積み重ねる。だから春にはじめる手応え、気配に芽吹く香りを含み生きていようと死んでいようと止めない転調の歌を。

（いつ還るのか）だいぶ溶け出し消え始めたのに上昇しないのもいい気分と、形を失い地の底に沁みこんで行ったら鉱石の頃の肉親とひとつになって溶岩のドロドロに還るのも悪くない。地上に噴き出すまでは何万年もかかるはずだ、とずっとずっと雨の冷たさをひんやり感じて夢を見続ける。それは生きているのか死んでいるのか、ふるえる地名。

骨笛

v

シメコロサナケレバ・・・
音楽ノヨウニ夢ノヨウニ詩ノヨウニ、シメコロサナケレバ・・・

小鳥に、とりわけ微かに存在しないかのように、樹々のすきまに枯草を編み素朴な巣に住む小鳥に憧れないことなどできない、空洞の小さな軽く細い華奢《きゃしゃ》な骨格の繊細な存在に憧れないことなどできない、無慈悲に絞め殺した小鳥の内部から骨を取り出し笛*を作らないことなどできない、その笛から奏でられる原初の音楽を聴かないことなど死んでもできない。

骨笛を吹けば大気層に放たれた眼球の始原は泡立つ、空気圧に隠蔽された内耳の太古は震える。骨笛から伝わる緻密な秘密めいた沈獣性の音色と調べは、忘れ去られ狂気じみた錯綜する異邦的な非在性の郷愁に捉えきれない霊的な淫欲的な雷雲の轟く稲妻のおののきとときめきの濃度と密度の凝縮された生存の日々の嵐のように洪水のように微風のように聴き取れる。

そして、小鳥を絞め殺した男を、女を、子供を、私を糾弾してはならない。彼らは数知れない世紀の暗がりで、あざむかれ、消し去られ、無視されたあなただから、誰にでもある重く苦しい悔恨の夜の地底で抹殺され続けるあなただから。小鳥を絞め殺した男は〈死んだ神〉のそばで悲嘆にくれているから、小鳥を絞め殺した女は〈死んだ人間〉のそばで呪いの歌を口ずさむから。だから小鳥を絞め殺した子供を小鳥の血に濡れた大地は決して欺《あざむ》かない、たとえ大地が私を押し潰すとしても、押し流すとしても、焼き殺すとしても。

はりつめた静けさ、朝の陽の精妙さの漂う小さな墓地、残り少ない生の時を過ごす老人の柔軟体操。細い指先のその先で、枯れてなお立ちつくすモクマオウのゆれる梢で、きらりひかる成層圏の黙する透明と不透明の交差する一瞬の気配、その向こう側へ、笛を吹く異貌《いぼう》の姿と音色はくりかえしとめどなく蒸発していく・・・。

音楽ノヨウニ夢ノヨウニ死ノヨウニ・・・
ジョーハツシテイク・・・

補足＊　２００９年、ドイツ南西部ホーレフェルス洞窟の発掘調査で３万５０００年以上前に鳥の骨でつくられたフルートが見つかった。（当時の新聞記事より）

鳥に啄《ついば》まれるために

vi

土葬にされた男は夢の暗がりで呻《うめ》く。土葬はいやだ。冷えた土の底で暗闇の中で少しずつ腐りながら醜いゾンビの姿となり何世紀も密室の恐怖を味わっているなんて。生きていた頃、俺はいつも社内の片隅で息苦しい想いで死んだも同然だったのに。

火葬にされた女は薄暗い枕元で叫ぶ。火葬はいやだ。死んだ後まで1000度の劫火に焼き尽くされたくない、骨の髄までボソボソにされギュウギュウに骨壺に押し込められるのはいやだ。生きていた頃、我が家の家計はいつも火の車だったのに。

水死した幼児と老人は失語の闇の奥、人差し指を立てる。水に攻められ、火に侵され二度も死ぬ螺旋《らせん》の苦しみを誰かに伝えたそうに・・・。

僕の全身全霊は呟く。僕が死んだら鳥葬にしてくれ、遺骸は陽のさんさんとふりそそぐ見晴しのいい岩山に野晒《のざら》しにしてくれ・・・。やがて天空に、ひとつふたつ・・・、黒いシミが現れ、無数に現れ僕の死体に群がるだろう。生きていた頃、僕は鳥が大好物だった。どんな不信心者にも訪れる聖夜、まるまる一羽をナイフで仕分ける歓喜は忘れられない。極めつけは鳥の骨で作った笛だった、吹くたび心の深奥で、いつも沈黙している場所が・・・、その時だけは応答した・・・。

だから鳥たちよ、思う存分、食べておくれ僕を、僕であった眼球、耳、脳髄、心臓、はらわた・・・。あらゆる気管のひとつひとつが鳥たちの胃袋に収まり、鳥とともに天空に舞い上がるだろう。鳥とともに大地ははるかな想い出となりゆっくり遠ざかるだろう哀しみもなく、鳥とともに懐かしい眼差しのような天空はゆっくり近づくだろう喜びもなく、そして、初めて味わうめまいのような浮遊感を

胸一杯に吸い込んだ無数に分裂する僕だったすべては、もう一度、
必ずもう一度、目覚めるだろう。

vii

残暑見舞・・・

夏のさかりに消えて行くこともある。手にとることはできなかった、見ることも、聞くことも、歌うこともできなかった。儚さの頂点だけが伸びていく場所に佇み、ついにことばも知らなかったように・・・。

暴風雨に吹き飛ばされる、樹々の緑の細い隙間の暗がりに静止したまま、どこまでも醒めている、すべてを忘れ去ったのか、枯葉にしがみつき消えて行った青ざめた存在むしろ非在のままに。夏のさかりの嵐は遠ざける無邪気な旅の想い、幾何学の底から崩れ去って行く予定調和のはるかな先、完結しているのか、待っているのか、だから行けないとまたも罠に落ち込み、抜け出した事など一度もない想いにうずくまり不透明な水の底を透視している・・・。

夏に水草は繁茂し、草の先端にしがみつくヤゴの抜け殻は夏の大気を琥珀に染めて何か大切なものを忘れているねと、問いかけてくるから、「とても好きだ」と驚くほど素直にこころを返す。するとどこまでも軽く儚く消えて行くものたちの世界で、静寂は響きわたる水辺の波紋・・・。メスグモの強靭な糸にからまる、りっぱな共鳴器を腹部にもつ生命《いのち》は今年の夏、子孫を残すことはできたのだろうか。偽の繭《まゆ》になりかけた異貌の表面にキラキラひかる水滴は、人の世界が封印する聖なる邪悪に満たされ、僕のことばをすりぬけるから、ため池の底深く沈んだままにしておいた・・・。

と・・・、残暑見舞に書きとめ、夏のさかりに消えていった淋しい兄や、夥しい数の悲しい生命たちに届ける術を知らないままに、明日の一歩手前の蒸し暑い暗がりの中、懐かしい祖母の枯れ枝のような手つきをまね、軒下で宛先不明のはがきを焚き、あわい炎の読みづらい文字を視る・・・。

viii

ある異貌の描写

いつも海を背負って生きる太古の獣の末裔。のたうちはいずりまわった後には海と陸の境界が陽炎として泡立つ。脳細胞は毅然として鳥であるため、その外部器官としての眼は睡そうな梟の眼である。「飛べないやつが飛べるようになって、また飛べなくなった時どうすれば良い」と日課のように自問する。

血管の中でびっしりオキアミを飼っている。そのためか、いつも落ち着きが無く異物のような不安が三分に一度は押しよせる。やはり日課として日に一度は、深淵の青を見つめに行かなければオキアミたちが落ち着かない。叛乱されたらもう終わりだ、言語では解決不能、その余白で溺れる。

「人は潜るとき息を止めるが飛魚は海面を飛ぶ時、息を止めるのか」

とさらに日課のように誰にでも問いかける。

昼下がりの埠頭《ふとう》の寂しさ、人々は船を待っている。帰って来る人、旅立って行く人、別れで張り裂けそうな人、それぞれの想いが背中で巣作りをしている。巣の中で新しい異貌は孵化《ふか》するが意識される直前、即死する、だから埠頭は生臭い。

埠頭をじっと視つめる異貌はゆっくりと梟の眼を内側に向ける。心臓は蜘蛛である。いつもサワサワとうずくまり抱える闇の深さは計測不能、世界に現象したすべての夜を細い糸で巻きつけ巻き寄せたぐりよせ闇の深さを貯蔵している。闇の深さを食べて生きる、だからいつも空腹だ。

肺は風の沼地。忘れ去られた風が音も無く吹き抜けて逝く、死んだ風に運ばれてきた枯葉が何万年も堆積した沼地。そこでセイレーンに成るための最後の試練、鳥たちは溺れて絶叫している、だから鼓膜は機能不全。

胃腸は古井戸だ、底を見た者は破滅する。掘り出した湯気の立つ新鮮な肉と汁は飢えた老人たちに遥かな昔、喰い尽くされた。しかし、水源はまだ枯渇していない。微かな木霊となって水滴の音がきらりとひかった、それを脳細胞に焼き付けた異貌は眼をぐるりと外側に向けた。

蝶形骨《ちょうけいこつ》について

人の眼の後ろには蝶が住んでいる。

そこは闇の奥、血の海の深み、人類７００万年の進化と共に、いや、むしろ蝶はその進化を見続けていたのかもしれない。しかし誰も自分の蝶を見ることとは出来ない。眼の裏の蝶、乳白色の限りなく薄く半透明で繊細なリン酸カルシウムの翼。光に透かして見ると、その美しさは究極である。

蝶形骨――。眼窩の中央正面に位置する骨。

「不対性、頭蓋底を占めている骨で、蝶が羽をひろげたような形をしているのでこの名が与えられている。これに中央部の体と、これから左右に出るそれぞれ一対の大翼および小翼ならびに下方に出る一対の翼状突起とを区別する。体の内部には一対の蝶形骨洞という空洞があり、副鼻腔の一つをなしている。体の上面は浅く鞍状《くらじょう》に凹み、これをトルコ鞍という。小翼の基部は視神経管で前後に貫かれ、その外下方、小翼と大翼との間には細長い上眼窩裂がある。大翼は一列に並ぶ3個の孔すなわち正円孔、卵円孔、および棘孔で貫かれ、また翼状突起の基部はほぼ水平に走る翼突管によって前後に貫かれている。」

〈藤田恒太郎著『人体解剖学』南江堂より（ラテン語の箇所と神経の説明は文章簡略化のため省略した）〉

人が見るあらゆる情景―景色は、この蝶の翼を無数に貫通する神経群（まるで磔刑にされたイエスの姿）によって大脳へと高速で伝えられる。さらにその脆弱な翼は大脳を背負っているのだ（まるで大岩を背負うシジフォス）。太古、いったい蝶の身に何が起きたのか。人の思考とは、その翼の羽ばたきによって生まれる振動の解析に過ぎないのかも知れない。太古からの振動は一分の狂いも無く完璧に、今も頭蓋の奥深く響きわたっているのだろう。

焼き場はいつも雨だった。老いた父母の痩せて萎《しぼ》んだ蝶形骨は高熱で焼き尽くされ、箸でそっと捜したがポロポロと崩れ去った・・・。

人よ、その美の前で絶句せよ。人は見るもの、見えるものすべてに倦む。飽きる。奪い取る。だから見せない事にした。人が人の病から解き放たれるあの時、そう、誰にでも訪れる死の瞬間。人は外界に永遠の別れを告げ眼を閉じ視覚機能を手放す。その時、初めて見える自己の内部の蝶に心奪われ、その想いのすべてを受けとめた蝶は旅立つ。骨の身から光の身となって。血の海から飛び出し、

青い空の高みへ、星々の海へ、
光る蝶の源へ。

時空論

i

紅に導かれ・・・

紅に導かれ、こころはどこまでもさ迷う。紅が導けば、こころはいつまでもさ迷う。紅の中で古びた新しい疑問に裂け息絶えた蝶のそよぎを無音に包んだまま肉にさしこみ細胞に変異させる。そのまま不穏すぎる世界のざわめきと対峙した、そんな日も一度や二度ではなかったはず遠ざかって行く・・・紅は木霊となり呼びつづける夜、それは誰だったのか。

あるひとつの閃きと時めきのリズムが世界とのつながりを回復させることも確かなことだと高揚するあぶなさで歩き出すこころは持続しない。離れる、世界から不穏さから。ひかりのほうへ、どこにもない、見たことも無い、みえないもののほうへ、と歩きだすと一瞬のすきまに答えは出ないまま消滅していくものは人の生と死の深淵を造形している光と影の割合の緻密さなのかと、ふいに呼びかけ甦り飛び立つ・・・。蝶の夢から覚めてもまだ闇のままの天空に耳を澄ます・・・聴きとれるのか、光と影のせりあがるスペクタクルの無尽蔵——深淵な時空に響き渡る夜行の鳥たちの何億年も磨きぬかれた孤独の黒光る輝き、確かな生命《いのち》の波紋、ひと彫りひと彫り刻印されていく火の吐息、地底で息づく太古・・・にいつもときめいても届かない後ろめたさを星々のまたたきに還す。

世界が抜け落ちていることが信じられない夜もあった。子供だけの残虐な無邪気の核心はいつ消滅したのか。とまどいながら何度、訪れても場所のない酒場の隅で聴くアフリカンリズム。彼らの積み重ねた絶望と可能性から産み落とされた洗練という技の膨大な厚み、その前で高揚するこころはどこまでも思考を明晰に解体して行く錯覚の頂点に気づきながら癖になる。いつも耳を澄まし、いつも視つめ、何も聴かず何も視ないままの強靱な同質性の高みへ、たとえ何も生成しないとしても。人と人のスキマのあまりに広大な闇の時空に包まれながら暮れて行く一日の、明けて行く夜の、何度くりかえしても消えることの無い不安と思い予感に大気の湿潤までが計りかねている、不可能な旅のくりかえす終わりがまたも近づきつつあることを。

草むらの陰から蝶の屍骸が風に吹かれ、果たせなかった想いと旅のためにどこまでも飛んで行く・・・

ii

黄泉図《よみず》らしい文字

足元を掘るより、宙に浮くことが大切だ。

そして銀河の全貌を眺めること。瞬くひとつひとつの恒星を一日、生きるだけでひとは何世代も必要だ。その広大な時空の眩暈こそが必要なことではないのか。聴いていたい無限にひかる星々の輝きと微かなささやき・・・。断言できる、あなたに耳を傾けるのは少数派だ。まして、全てをゆだねる事など絶滅に等しい。だからと言って多数派が真理だというのは幻想にすぎないのに誰も見抜けない、もしくは見ない不利。あるいは盲信している。

秘儀なしに詩をかくことは可能なのだろうか。むしろ、詩を書くことは秘儀そのものを現代的に実践する手段ではないのだろうか。だから、この詩らしい文章の冒頭は失敗なのではないだろうか。そして、失敗だらけであることは詩の原則でなければならないのではないのだろうか。では秘儀とは何なのだろうか。

逸脱し続ける文章はすばらしい。その逸脱から余白が発生し続けることは、さらにすばらしい。世の中の多数派から無意味だと言われるに等しいことは実にすばらしいことではないだろうか。

夏休みの絵日記に〈読みづらい文字〉をびっしりと描き込んだ夢見がちな男の子や女の子に、「黄泉図らしい文字をびっしり描いたんだね。」と言ってくれる教師たちはもうこの国家に存在しないのだろうか。「でも、もう少し余白を残そうね。」と言ってくれる先生は想像するだけでどきどきした・・・。

たそがれ時に父と手をつなぎ、お盆の道を亡霊たちが宙に浮く紅い道を、父の実家に向かい花火をもってわくわくしながら歩いた頃は今も生きている。そして・・・宙に浮いた父と手をつなぎ自宅の庭で花火をしてみようと想った今年の盆。

ひとつの秘儀のために・・・。
生きるために・・・。

夜の底

iii

夜の底にたどりついた言葉だけで書くこと。

*

断裂、亀裂、破砕は常套句《じょうとうく》でしかないのに見えないまま包囲する。日常の脅威は古巣の重厚さと同義語で抑圧する。幼児と老人の紙一重は精神以上に豊饒な宇宙の塵として無限を照らす。持続しつつ忘却する日々の埒外《らちがい》なスペクタクルという不可知の完全性、そうして消えていくものに、あなたは決して声を発してはならないことを、うすうす直感しながら失敗を反復する。

こうして、あなたの存在がリメイクされ平面化され転写された瞬間、たしかに足音は鼓膜を通過していたはずだが歴史に記されなかった。ただ頭蓋を複雑に構成する無数の骨群だけが燃え尽きるあの日、たしかに聴きたいものたちだけに無音で囁く。

絶望も幸福も無限の前で氷解してしまった次元を想像し抽出することは無意味のようで無意味ではない。意味のようで意味ではない。どちらでもありどちらでもない次元は、無いのではなく在るのでもない事柄に水玉模様のミクロの気泡を無限に生成していることの持続と忘却の連鎖反応にすべてをユダネル。

*

ユダネル。尊く、卑しく、難解にして単性の極致。行動の規範にして原則の空性。語れずして語ることを待つ沈黙の沼地。澱《よど》みつつ何処にも存在しない存在しつつ。誰にでも聞こえてくる礼拝堂の誰にも聞こえない沈黙だけがユダネルの真実。そして、いつも、どこにも、あなたは、いない約束。いつついない運動の中心と辺縁のすべての空白という輝きの限りない暗がりに憩《いこ》う瞬時の生成。

つまり、もっとも傷つきやすい感性の裸形を限りなく異貌化する

ことだけが非在としてしか存在を把握することのできないユダネル
に接近する過ちの重要かつ慎重な方法論。

だから・・・。たとえば「薔薇」その全体の反映するどうしよう
もない異質な時空。たとえば「夕焼け」その全貌のどうしようもな
い死生的躍動感。たとえば「夜の底」その漆黒に生息するどうしよ
うもなく「読みづらい文字」の群れ・・・。

それら沈黙と亀裂と半透明のまったただ中で、みずみずしいままで
生存することは、絶望であると同時に、汚れ壊れ無視され潰れ続け
る希望の存在する確たる証左でもある痛苦とともに・・・。

風前の・・・

iv

風前の灯火に重ねる。

帰るか還るか迷いの隙間に、剥がれて行く薄く細く欠けて崩れる。頭だけが燃えているのか凍えているのか暗がりの中で身じろぎもせず息絶えているのか言葉のように。今日という一日を誰にも知られず知らせず沈黙が通過するたび肉体はじたばた傷ついて行く。笑いが信じられないのは仮病なのか、蔓延《まんえん》している嘘笑い、そう言って男は映画のような俯瞰《ふかん》の広大な空が見たいと、絵画のような漆黒の夜に去って行く。残された場所に生は繁茂しなかったように。

灯火の前で風がつまずく。そんなことも確かにある、壁画なのだから。それでも灯火にひび割れが生じ、やはり崩れる。地響き、地割れ、地殻の前で唯一、ひかったはずの・・・、比喩などどこにも繁茂しない。そこで掘り続ける、もう誰でもない、人でもない、何でもないものが〈ひかる〉・・・、一日は終わりかけている無音の頂点、それでも、さらに掘り続ける・・・、・・・。

どこまでいっても夜に・・・深さは生まれ続ける。沈黙は通過している。深夜の鈴虫、（あっ、昼間、箪笥の後ろで闇を求め、鳴いていたおまえに、無関心でいられるはずは無い）どうしても仮病がやってくる。蔓延している嘘泣き、そう言って女は琥珀の液体のように震えながら闇の化身のように黒衣で去って行く。残された死はどこにも場所が無いように。

やがて鼓膜には見えてくる。比喩の途絶えた景色に生は産毛となって〈ひかる〉。祈る人の笑いだけは信じていたい、そう言って朝を迎えた人は掘り続けていた言葉だらけの手を朝日で洗う。その一瞬の時間と空間のすべてこそ〈再生〉として書き留める。

V

内側の水辺

おそらく・・・人ひとりの生の内側に過去はない、常に連続する〈いま〉しかない。過去と呼ぶにはあまりに鮮明すぎる内側の〈いま〉が、いつも耳元についてくる、はりつきすがりえぐり出す。誰も逃れることのできない記憶という現実―事態―瞬間のはてしない連続性の中で――ひかりあふれる夏の海辺を視つめる。

水辺はいつも内側に触れてくる明滅。ささやき濡れる水辺は眼にみえる内側。水辺とは内と外の境界という隠喩ではなく境界の反転そのもの。肉体を切り開き内臓を調べても、内臓を切り開き内部を調べても、何処にも内側は存在しない。解剖学より余暇、そよ風の余暇、内側は外部、水辺に佇めば人は即座に内側に生成する。

ぴちゃぴちゃ・・・水辺で遊ぶ幼児は内側という存在。大人といえば激しいほどの郷愁とともに連続性の渦が巻き内側に引き込まれる。そのため内側はいつも濡れている。感触を手放さない手放すことなどできない。そこからゆらゆら立ちあがるスミレ・色・気配、例えば〈霧の言葉〉、磁力を持ち引き合い拡散せず、今は人ではないが、いずれ人になるはずの人が蠢《うごめ》いている言葉——水辺に水の辺りにたちこめる空白、非在の不透明なかがやき、確かな濡れた手ではない手、いずれは手になる手の冷気の燃え広がる言葉——として。

砂山に・・・幼児の指が不本意にふなれなためにふれただけでさらさらくずれさる時——の幼児の未分化な感情に——ふと芽生える喪失感は〈内側の水辺〉と親和性を保つことにおいてのみ濡れ続ける。だが〈内側の水辺〉で持続する〈霧〉の異貌にぎょっとして大人は突如、切断する・・・・・。

余韻だけを残し、やがて、やがて遠ざかり続ける逃げ水の前で外部に反転する。

言語のように

vi

たそがれると聞こえてくる。どこか遠い林の陰の奥、コノハズクのこと葉。間欠的に空気に弾む。深淵と沈黙にたたずむ唯一の言語・・・のように。

それを合図として、どこまでも曖昧なまま輪郭は希薄となり同心円状に、しかも無限遠方に球体化しながら拡散する夜もある。曖昧さの極みは弛緩する思考かもしれないが、意識は明晰でなければならないという矛盾の心地よさに時空は消えるひと時。

例えば、蝶の羽ばたきと暴風雨の確率的予測の不確実性がもたらす驚異(「バタフライ効果」)。あるいはニュートリノにより実体化した自殺した妻という存在の奇妙な現実感(「惑星ソラリス」)。または長大な吹き矢によって小鳥を狩る素朴な食事のための未開の日々の生存（「アマゾン源流の部族」ＮＨＫ）。日常には存在しない、これらすべてのリアリティは何処から来るのか。何処へ消えていくのか。すべて思考から生まれたはずのものたち。その悲哀のためにたたずむ言語・・・のように。

遠く離れ去る分泌物が疼く夜。脆弱な肉体に、そっと裂け目を入れる必然性は日々、不可欠となった。だから繋がる事もせず、見ない不利もせず、流される事もせず、一本の細すぎる、しかし強靭な不可視の綱を渡る。張りつめた触角は一文字に足裏に弾み、それだけは異様なほどのリアルをもたらす言語・・・のように。

夜の孤絶した時空は現実の鏡像として砕け続けるささやかな秘密の儀式。文明は狂気を発明し暴走は止まらないという陳腐の過酷。掘り下げるものは常に非在に過ぎず、文明の根拠などあり得ないと寝返りを打てば、壊れた言語をしっかり抱え宙に浮いていた深い夢。

すでに夜は明けたがコノハズクのこと葉は止まない。弛緩する響きはどこまでも人の言語をめくり続けている・・・ように。

来ない旅

vii

いくら待ち続けても来たりはしない。やはり行くしかないのか。あたり前のように身軽さをよそおい歯がゆさを抱え、沈んで行く街の重さを脱ぎ捨て、飛行船の裏側で住所に迷い、小鳥の夢想をこころの襞に復唱し、飛び立つことは無く重力に潰れながら、ここで待ち続ける来ない旅。草深い風土の苔生した石畳を踏みしめる日まで、その瞬間の全量の大気と光と影と湿潤のために灯りは残しておく慎重な用心。

空気は冷たく振動している。眠れない夜のためにどれだけの灯りを点し続けたのか、と問うことは深淵に届く繊毛の無意味を生成している。こころの輪郭を明晰な線描に変え目覚める光と影の反転した異様に戸惑い、どこまでも光る道を迷い続ける。遠方を抱きしめ、こころに移植する技などあるはずも無く暮れる、来ない旅の充溢《じゅういつ》する空虚。途絶えがちな、すがり尽きたい、か細いことばの群れ。繰り返す消滅のまなざしを受けとめながら、やがて景色は粒子になる・・・。

日々の深みで父祖の呼び声を肉体に捜し求めても答えなど無く、すべては粒子に還る。旅は来ない今、海を凝視することで死を感じ続ける、自己の死は永遠に来ない意味の地平。硬質な床に散乱する夥しい破片、ゆっくり弧を描き上昇し・・・復元していくコップ。中に浮いたまま（しかし、1ミリの隙間に無限が輝き）テーブルに着地しない。無数のひび割れは傷口のように白い血を噴き出しているようだから、ここに、ただひたすら留まり、一日一日をどこまでも静かに、しかし確実に壊れながら拡がり続ける。

風の異変

viii

眠れない夜にずれていく。風雨は人も根こそぎにする。忘れていたことを突きつけられ、うろたえ、後悔はずれを助長する。〈わたし〉とは他者がいる時間。空気の底で生きる他、何の術もないことに、なぜこれほどの言葉の重量が生れるのか、と・・・ずれたものだけの総量に途方も無い闇を視る——無力が呼吸に合わせて淡く咲く闇にぼんやりと放つひかり、に・・・希望を読み取ることは至難に等しく風雨はまだ強い千切れ飛ぶ誰かの凝視。

すがりつく、かけがえのない深夜のラジオにいっそうずれていく耳は、おき去りのままに〈こころ〉はロウソクの火に成り始める。どんなときでも〈こころ〉のわずらわしさに時々、帰って来る耳という唯一の手ごたえを五官というのか。五感は分裂したまま〈こころ〉の火力を少しずつ乱され外部にいらだつ夜。〈こころ〉はすみずみまで思い出している、勘違いもある、思い込みもある、捏造《ねつぞう》もある、願望が侵入し現実が空虚となり中身を失った器官のまま眠気に襲われる時空はまだ来ない。

未明の空に樹々がさける。風の異変にかき消され誰の耳も忘れてしまう。とめどなく、よどみなく、疾走する内部にこそ、すべてを語らせたいのに口ずさみたいのに突如、外部は遮断する、内部は消滅する。そして・・・時おり、眺める景色に濡れた触覚のように内部の既視感をみつけた瞬間、人は余白になる、だろうと・・・風の異変に「はっ」として〈わたし〉に帰る。

時空は痛々しい。流れすぎる寝耳に水の浸入。離別や挫折、流血、他者への他者からの暴力はさまざまに姿を変え、理不尽すぎる葛藤を抱き込み、引きずり、ひきずられ時空は流れて行く、この夜だけではない。だから、そっとしていて欲しい、と・・・つぶやく。わさわさする行き場のない〈外部〉をそっとしていてくれ風の異変よ、風になびく〈内部〉よ。

ix

無のための輪唱

音楽をひきだすことの出来ない楽譜・・・降りつづく小雨・・・草の葉ずれ・・・虫の音。輪唱が満ちあふれる器官の裏が裂け生まれるものを逃しつづける無の呪文の重みにたじろぎながら呼吸と重ね肉体の真実を暴露する瞬間の持続・・・のために。やがて、えんえんとつづく磁場の拡がり、粒子の海。読みづらい文字のメモは無尽蔵に燃えつづけ、どこまでも追尾するガラス越しの水滴・・・無防備なまま落下に身を任せる・・・追いすがる思考に磁場は消え海は見えなくなる。静かな格闘の後で亀裂に滲み出すきらめきは硬化し瞬時に破砕した微細なカケラは足裏に無痛の傷跡、非在の血痕。

嵐の時空は夢にしまいこまれる幾千幾万の幻滅となり世界は微動もしない驚愕的なまま。絵画を見い出すことの不可能な画布・・・

ひとつかみにできる世界は存在しない。こころの切片は頂点で疾走して消えた――肉体の限界で人々は発狂して行く、虫の音は揃えない草の根は腐敗する。ミイラにされた少女が狂死する寸前、瞼の裏で見たヴィジョンを夜の虹に還すこともできない文明は瓦礫。硝煙の立ち昇る均衡の危うさの底からすべての海が膨張しせり上がり黒々と崩れ去った時、誰にとっても最期の夜だった日は世界の疾走を躓《つまず》かせたはず・・・それが嘘だったような静かな海を視つめ祈りは産まれたばかりだと記す。

聞くことも、読むことも、視ることも、記すことも、新しい海の誕生をひとりひとりの瞼の裏に視る日まで、無に釣り合う唯一の沈黙とともに眼の前に広がる涙と体液と塩の海に渦巻くままに魚たちの餌として・・・それでも、やはり祈りは産まれたばかりだ、と・・・記す。

x　リメンバー

こぼしてはいけない。

こう来たらこうやってひょいと逃れる。それは軽はずみなことではない。それは弱いのか強いのか悪いのか考えない正しい動作。水辺がゆらゆらと目覚めはじめる頃もう出て行くだろう。ふくよかな水気を確実に言語化できたのか砂漠を引きよせる。〈こころ〉はいつも水溶性だから歩行は精密が良い。確実に歩かなければ世界を流失することもある。海の近さに浮かれていても樹蔭が異様に少なすぎる土地柄はすでに滅びに向かっている。多くの過ちや誤解や喜びを抱き込みつつ沈みはじめた喧騒。外気の直射と反射が痛すぎて死んでいるのか半透明の殻から出てこない蝸牛。硬い壁を溶かすことは希望だ。

ひかりはとまどっている。

湿り気を含む大気層のもっとも最下部で起きる現象――青草の生い茂る小径に1ミリ凹む足跡を残すか、ソヴィエトの片足を傷めた詩人のように「ほんの二センチでも宙に浮いて」*行くのか。それらの豊饒《ほうじょう》に記憶と受け継いだはずの教えのすべてを、うかれず静かに受けとめることを嘲笑《あざわら》ってはいけない。答えはいつも逃げ水の奥に咲くコスモスの花に等しい・・・。歩き方は一つ！答えも明瞭！と、うそぶく側に屈しないこと。さまざまな歩行になるためにやはり常に出て行く。

風に湿り気はもどるだろうか。

心地よい潮風が抑制されたセンスの音階に変わりはじめる頃、遠ざかるものと引き寄せられるものの、どちらでもありどちらでもないあわいで火照《ほて》りすぎた肉の膜は引き裂かれながら零れ落ち、溜まって行く肉汁のわずかな水源に手作りの小舟を浮かべる。その時空の行為だけは水辺と名付けられるだろう。と言い聞かせ崩れて行く肉体に、ひっしにしがみつくピラピラカピカピの半透明は、やはり〈こころ〉と言語化するひとはくりかえしくりかえし何時でも何処でも、ここから出て行く。凹みつつ浮きつつ。そよ風になり嵐になり。しかし、

しずかに、ゆったり、

計測している横顔を忘れず・・・。

補足＊旧ソヴィエトの詩人

アルセーニー・タルコフスキー（ウクライナ生・１９０７～１９８９）

映画『惑星ソラリス』（１９７２年版）の監督アンドレイ・タルコフスキーの実父。

第二次大戦に従軍し片足を失った。「二センチ・・・」は彼の詩より引用。

xi　ミルキーウェイに沿って

ここまで来てしまったという想いは誰にでもある。ただ、靄に包み隠し見えないふりして日々に紛れこむか、ポケットの底からこぼれ続ける放射能を帯びた砂のように長い長い半減期を抱え途方にくれるか、どちらにしても計測器をかざし微妙にゆれうごく心の反応に敏感でいたいと〈いのり〉のような想いを捨てることは出来ず、誰の〈いのち〉も無限の時空を視つめ分厚い埃のような〈言語〉の尾をひき流星となり燃え尽きて行く。その途方もなさに〈いのち〉という存在は涙を流し夥しい血を視たりすることを止められない。

仰ぎ見る夏の夜のミルキーウェイという驚嘆を無残に切り裂く不可視の言語システムは〈いのち〉を四方八方から何重にも取り囲み灰の底まで追尾する。その底で〈いのち〉は遅すぎた自己の差異を主張し続け消滅する。美しい景色や温かい出会いや大切な想いや、狡猾《こうかつ》で醜い心も、すべて〈言語〉から生まれる淋しさ。突き進んでいる時に微妙に後ずさりしている、もう一人の〈私〉がいるのはそのためだ。

深夜あるいは真夜・・・古代の秘技に身を任す。魔境の森にて静寂の圧力に浮き上がり、失語を抱え、漆黒の沼地に足が届いた瞬間〈いのち〉の放射という眩い幻影に真の失語者となる。その〈気づき〉を日々、四六時中、灰の底まで手放さず持続することが出来れば〈言語〉は自然消滅するという古代の秘技・・・その不可能性の無限反復性に身を任す・・・・・。

だが、日々に紛れこみ迷いこみ、そのことを半減期の最終段階で確認したとしても、もう〈私〉は何ひとつ覚えていないのだ。その時、〈言語〉である〈いのり〉から開放され純粋な無のまなざしで真空の闇にひかり輝くミルキーウェイを眺めていることも・・・。

xii　歩行と呼気と・・・粒子

歩行と呼気を視つめる。表面と深さ、表と裏、内と外、あらゆる対比の隙間からさしはさまれる雑念の上品な猥雑さと傲慢で丁寧な口調とあなたがたのゆるぎない信念と高圧な確信とわたしの不確かさと、しかし粘膜性は煙っている。

たとえば青ざめた月の死に血の古代性の裂孔を万華鏡のヴィジョンで覗き込む慄きと喜びと震える指先の手ごたえを頼りに歩行と呼気について考えつづける深さ〈深さとは表面のもつ誘惑的なまどろみの超現実なはず〉と戻って来るものを決して拒まない言葉と戯れつつ「学びましょうね」と、ずっと〈ね〉のもつ音声の温かみの幻影に心地よく欺かれながら、もっと慎重に進む指先の視線性はやはり古代性の持続する膨大な闇の時空を導き出す・・・。

そして、彼らは何故たびたびやって来るのか、億万年の暗闇の底から発光する十万体の連なる修行僧のラセン、彼らの発する言葉はいつも粒子の充ちてゆく海・・・。

やがて眩い陽を避ける葉裏の蝸牛の歩行は、どこまでも原初を背負い、ほっとする〈ね〉とずっと握りしめていると汗ばむものはやがて黒々とうずくまる沈黙へと変貌する頃・・・歩行と呼気と重量はむき出しに膨れ上がり迫り来る嵐のもとの天蓋のように、どっと崩れ落ち押し潰される脳神経組織群の空白の超高速な欠落の夜の存在（むしろ非在性）を満たすためのスローモーションな映像は脳裏に癒着し引き剥がすためのあらゆる努力と徒労が〈生きる〉ということの定義に繋がって行くようだ・・・だから、やはり、歩行と呼気を視つめる・・・

と、粒子的な次の数行へと輝き・・・。

ある喫茶にて

ひかりの速度で会話すること。

透明なコップに一杯の真水が注がれる時、水はアメーバ状の滝となり、先端の一部は球体の水滴としてコップの底に落下し破裂する直前、つまり瞬きした瞬間、僕とキミの会話は、太陽系を飛び出しているだろう。そこに地球上のどんな煩わしさや淋しさや倒錯や屈折も追いつくことなどできない。そんな会話を書きとめるどんな文字も手も、この世には存在しない。だからこの文章は数千年後、死海の汚泥とともに読みづらい文字として見つかることを夢見る。

脳内でニューロンとシナプスが発火した瞬間、すべての会話は終わっている。だから、僕とキミはいつも無口だと言われる。沈黙のなかでコップ一杯にはりつめた水の表面に、名前の知らない小さな花びらの青紫が映えている。その光景にどんな言葉もあてはめず、すみずみまで噛みしめているのは二人ではない。奪い合い、だまし合い、殺し合う、肥え太ったソドムとゴモラの住人たちでもない。今、はるかな他国で死にかけている飢えた少女の神のように透明な瞳だ。

地上で一番おいしいものは水だ。体に必要なものも水の潤いだけだ。他はすべて、心という不安定な速度の砕け散る残像だ。だから・・・

今、僕が書きとめたいことは唯ひとつ。

「ごちそうさま」

その瞬間、僕とキミはもうどこにもいない。

ゆれ動く粒子の海に微かなうねりの痕跡をとどめ、

それもやがて消える。

モクマオウの根元から神話的イメージを紡ぐ人

下地ヒロユキ詩集『読みづらい文字』に寄せて

鈴木比佐雄

1

宮古島に暮らす下地ヒロユキさんの詩は、一読すると不可思議な謎が残り、見知らぬ言葉が私たちの深層に迫ってくる詩篇で、いつしかその言葉の世界を通して沖縄・宮古島に降り立つことになる。そんな下地さんの第三詩集『読みづらい文字』が刊行された。この詩集を紹介する前に第一詩集『それについて』と第二詩集『とくとさんちまて』に触れておきたい。第一詩集『それについて』は二〇一〇年に刊行されている。その冒頭の詩「一本の樹（亡き父へ）」を読めば、下地さんの詩作の原点が分かる。

一本の樹（亡き父へ）

（あれはモクマオウ）／幼い私に／父が指さした　その先に／一本の樹／校庭の奥の方／幼い眼には天にも届く／一直線に毅然として立つ／その梢は／天空のプラーナを／何者よりも深々と呼吸する／その姿は／その日以来／いつでも見るたびに／その形　その色　その幹　その根／その枝　その葉　その樹皮／その木陰　その記憶／それらすべてが／父として／父そのものとして／立ち現れる／シベリア――／荒涼とした凍土の大地／強制労働　飢え　恐怖／孤独絶望／人の生と尊厳を踏みにじる収容所から／そのすさまじい冷気の底から／それでもなお／生きて生きのびて／渡り鳥の持つ／正確無比な帰巣本能のように／暖かい宮古島まで／帰って来た／父よ／しかし日常は／あまりに非情な生の年月・・・／神以外のあらゆるものを失い／・・・・・・。／今ようやく／生命《いのち》という火の最も深い場所へ／火の源へ／還って行った／私に発火した日のように／またいつか／新しい火として／その源から／立ち現れる／（あれはモクマオウ）／幼い私が／父から教わり／初めて憶えた／一本の樹の名前

この詩は亡くなった父を偲んだ鎮魂詩ではあるが、戦前・戦中・戦後を生き

抜いた一人の沖縄人の父の魂が、「モクマオウ」を通して子である下地さんに引き継がれていくことを神話的に物語っている。「(あれはモクマオウ)」と子に樹木の名を教える父の言葉によって、下地さんは初めて「モクマオウ」(木麻黄)の存在を発見する。「あれ」は「モクマオウ」という言葉に名付けられることによって、以前にも眺めていたはずだが、初めて下地さんはその存在を認識することが出来たのだ。言葉の存在喚起機能を伝えてくれた父は、日本国家に徴兵されて戦後もシベリアに抑留されてしまい、酷寒の地で「強制労働　飢え　恐怖　孤独　絶望」の中を生き延びて帰還した。きっと南国の父は、寒さの中で「モクマオウ」の姿を想起しながら「生命のエネルギー」を得ていたのではないかと、下地さんは告げているようだ。「その梢は／天空のプラーナを／何者よりも深々と呼吸する」と語るように、「モクマオウ」には「天空のプラーナ」という「生命のエネルギー」が天空から注ぎ込まれていると感ずるのだ。「モクマオウ」という言葉は、「一本の樹」であり、戦争や戦後の家族を支えて生き抜き死んだ「父」の存在そのものだったろう。その「父」は「今ようやく／生命《いのち》という火の最も深い場所へ／火の源へ還って行った」という。この父を悼む言葉は最も美しい鎮魂歌となっている。と同時に父の死よって父の「生命のエネルギー」は「新しい火として／その源から／立ち現れる」のだ。それは「モクマオウ」という言葉によって下地さんの「生命《いのち》という火の最も深い場所へ」響き渡っていくのであろう。

　第一詩集『それについて』二十七篇は、山之口貘賞を受賞したそうだが、下地さんの身近な存在者や存在物が言葉を持っていることへの驚きであり、言葉を持っていないが確実に存在して声を発しているものたちへの驚きと応答の詩群である。詩「平良《ひらら》第三埠頭（不可知の声）」では「埠頭の静けさと／心の沈黙が／まるで何かの似姿のように／雲間からの／淡い光に／ぼんやりと照らし出されていた」のだ。詩「大野山林（魂のポリフォニー）」では、「林の奥深くで反響するのは／魂たちのポリフォニー／かつて地上で肉の身をもち／土と草を踏みしめ歩いたものたち／無限の過去の彼方から／うねりながら　わきあがり／うずをまき　おしよせる」。そんな固有名の存在が豊かに反復されて、静かな祈りの言葉でありながらも、心を掻きむしるような多様な存在の「魂のポリフォニー」（魂の多声音楽）が立ち上がってくる。下地さんは沖縄・宮古島の詩人ではあるが、「神以外のあらゆるものを失い」死んで行った父から促されていて、確かに存在の意味を問い続けている存在論的な詩人であるだろう。「それについて」とは「モクマオウについて」とも言えるし、「存在について」とも言い得て、様々な解釈を読者に委ねる普遍的な問いを発していたのだろう。

2

第二詩集『とくちさんちまて』二十六篇は第一詩集の翌年の二〇一一年の東日本大震災の年に刊行した。多くの詩篇は第一詩集と同時期に書かれていたらしいが、震災後の詩「深みの底で／――三月十一日への鎮魂――」は東北の浜通りの人びとを悼む心に残る詩篇ではあるが、私には海底に眠る死者たちと同時にいつか死すべき人間たち全ての幸いを祈っている精神性の高さを感じるのだ。

深みの底で
――三月十一日への鎮魂――

その日　突然／夥しい数の人々が消えた／連なる山塊と化した黒い海に消えた

／人が眼にする初めての海だった／もう人々の姿を／この眼で見ることはできない／互いの想いを／確かめ合うことはできない／あまりにも多くの悲しみが／生き残った人々に降りかかる／かけがえのない思い出が／むしろ今は悲しみを増幅する／消えた人々の無念の分まで／彼らは背負わなければならないのか／天災は場所を選ばない／人を選ばない／すべては善悪の彼方からやって来る／すべてを善悪の彼方へと連れ去る／容赦なく奪い去る／無慈悲に奪い取る／残された人間の言葉は凍死する／天災のまえで人はなにを想えばいい／凍死した言葉を抱きしめながら／ひたすら耐えるだけなのか／今はただ／視つめるまなざし以外／何が残されているのか／せめて／消えた人々の／魂の在所だけでも知りたい／決してぶれないまなざしで／視つめるまなざしの／その行き着いた先で／引き裂かれれば／引き裂かれるほど／なおさら会いたい／懐かしい人々の姿が／手の届かない／声の伝わらない／はるかな暗黒の深みの底で／重い足どりのまま渦巻いていたとしても／それでも　ぼくは信ずる　いや祈る／その深みこそは／あの慈悲深き／大いなるものの深みであることを／生の終わりが悲劇に見えても／魂は常に／その深みの底で安らぐことを

本土の人びとは、沖縄への侵略の歴史的事実や基地によって危険にさらされている現実を直視しようとしないで、沖縄の問題を他人事のように見なしているところがある。戦争の終結も戦後の繁栄も現在においても沖縄の人びとを犠牲にして成り立ってきた。ところが下地さんのこの詩では東日本大震災で亡くなった東北地方の人びとを隣人や親族のように感じていることが伝わってくる。「かけがえのない思い出が／むしろ今は悲しみを増幅する／消えた人々の無念の分まで／彼らは背負うわなければならないのか」というような、残された人びとの「引き裂かれるほど／なおさら会いたい」という想いに共感し、「引き裂かれた人びと」に寄り添おうとしている。そして「懐かしい人々の姿」が「はるかな暗黒の深みの底で／重い足どりのまま渦巻いていたとしても／それでもぼくは信ずる　いや祈る」のだ。さらに「その深みこそは／あの慈悲深き／大いなるものの深みであることを」信じて祈ろうとする。震災で未だ行方不明の「消えた人々」はまだたくさんいる。その家族や友人たちの想いを下地さんは代弁するかのように「魂は常に／その深みの底で安らぐことを」願っている。仏教の「慈悲深さ」とはきっとこの詩に流れている精神性だと私には感じられた。

その他の詩「六月の雷雲」では、「モクマオウの林は／無言のまま立ち尽くしている」のだが、時に落雷に遭う。すると「ぼくの体の芯で育まれている原初を／一文字に引き裂き／炭化部は／また一つ増えた」という。すでに下地さんは体を「モクマオウ」のように感じて、外部から受けた衝撃も自らのものとして感じ始めているようだ。詩集タイトルの詩「とくちさんちまて」は「得度山寺まで」の意味で、夢の中ではぐれてしまった妻が書き残した場所に行きたいのだが、どう行ったらいいのかわからない。しかしそれは「ゆっくりゆっくりと神の居場所の地図」に変貌していくのだ。きっと下地さんはこの詩をあの未曽有の大震災を経なければ書き記すことができなかったろう。家族が生き別れになる焦燥感を「大いなるものの深み」に解放しようとしている。

3

今回の第三詩集『読みづらい文字』は二篇の長編連作詩と三篇の短い詩から成り立っている。冒頭の詩「朝のさんぽ」では、下地さんが「モクマオウ」を見に朝の散歩に行こうと歩きだすと、日頃の風景が一瞬で変り異界が次のように現われてきて自らもそのただ中に置かれるのだ。

朝のさんぽ

朝のさんぽはすがすがしい。休日ともなればなおさらだ。いつもの浜辺へと向かう。

いっぽ、にほ、さんぽ・・・両足に激痛が走る。見ると膝から下が無い。どっと倒れ込むと両腕だけで身体をひきずり、潮の香りに満ちた浜辺に辿り着く。砂浜に身体を横たえ、朝の静かな白い海を眺める。微風ひとつない凪の海。

急に昨夜のことを思い出した。深夜、金縛りと息苦しさに目覚めると胸の上に足が乗っていた。膝から上は漆黒の闇で何も見えない。痩せ細り傷だらけの両足だけが私の胸を押し潰していた。あの足には見覚えがあった。何度目の足かは覚えていないが確かに私の足だった。あの足で戦場を駆け回っていた。いや、逃げ回っていたのかもしれない。頭の中は敵のことなど何一つ考えていなかった。遙かな故郷の妻と産まれたばかりの息子のことだけを考えていた。

「会いたい・・・」

浜辺のそばの小さな岬の奥。モクマオウ林の最も大きな樹の根元に、私だけの秘密の墓をこしらえてある。そこを掘り返すと何千年、何万年分、かつて私のものだった足たちが眠っている。私の愛しい無数の足たち。私はその中から比較的、痛みの少ない両足を探し出すと、とりあえず装着して立ち上がった。年に一度、その墓に花をたむけ香を焚き、立ち昇る青白い煙を眺めていると、その時だけは過ぎ去った日々に胸の潰れる思いは薄れ、とても満ち足りた気分になれるのだ。すると、私を囲み輪になった足たちは歌いだす。

「ヨオンホヨオンデクル　ヨオンホヨオンデクル・・・」

補足＊「よんほよんでくる　よんほよんでくる」という意味。
亡霊たちは、か細くささやき、訛りが強く文字にすると読みづらくなる。

下地さんはいつものように朝の散歩に「いっぽ、にほ、さんぽ・・・」とでかけると「両足に激痛が走る」し「膝から下が無い」ので、四歩目が無くなってしまった。仕方なく両腕で「浜辺に辿り着く」のだ。そこで「朝の静かな白い海を眺め」て、昨夜の金縛りにあった胸を圧迫していた自分の両足を思い出した。すると戦場で逃げまどっていた兵士の足が自分の足のように思えてきて、故郷の妻子のことを想起する。この不可思議な自分の足を喪失すると、その代わりに兵士の足が自分の足のように思えてきて、いつしか戦場の父の思いへと成り代わってしまう。

さらに足を探しに「モクマオウ林」に行き、樹の根元を掘り返すと「何千年、何万年分、かつて私のものだった足たちが眠っている」のだ。その中から「痛みの少ない両足を探し」て、立ち上がると、その他の足たちが、「ヨオンホヨオンデクル　ヨオンホヨオンデクル・・・」と訛りの強い方言で囃し立てるのだ。まさに「読みづらい文字」となって読者に四歩目が呼ばれてくるのだ。「四歩」とは、例えば「戦争体験の記憶」の継承を暗示しているのかも知れないし、沖縄の「何千年、何万年分」の先祖の足跡であるかも知れない。下地さんの詩の特徴とは、自分の足を無くすことによって、逆に自分以外の他者の足の記憶も想起させしまう想像力で詩を構築させようとしているところだ。その意味では存在の危機からの切実な問いが深まっていき、その問いに誠実に解答しようとする神話的な物語が独創的な詩に転嫁されているように感じられる。

その他の「異貌《いぼう》論」八篇、「蝶形骨《ちょうけいこつ》」について、「時空論」十二篇、「ある喫茶にて」においても、日常や世界の歪みから異界が現れてその異界の光景が私たちの常識を覆し、いつの間にか読み手も「異貌」をした異界の住人に憧れてしまうような新しい神話的な体験をさせてくれる。その意味で下地ヒロユキさんは沖縄・宮古島の「モクマオウ」の根元や暗黒の深みなどから、十万光年へと通ずる言葉を汲み上げて、言葉の存在喚起機能を最大限発揮して、神話的イメージを創り続ける言葉の冒険者であるだろう。そんな魅力的な宮古島の詩人の詩篇を全国の人びとに読んでもらいたい。

初出一覧

朝のさんぽ　「うらそえ文芸」十八号　二〇一三年五月

異貌論

i　ももたろう缶詰　「宮古新報」二〇一二年四月

ii　ヒビワレる鳥　「アブ」十号　二〇一一年十一月

iii　かそせ・・・　「宮古新報」二〇一四年十二月

iv　ふるえる地名　「宮古新報」二〇一二年三月

v　骨笛　「アブ」十六号　二〇一五年二月

vi　鳥に啄まれるために　「うらそえ文芸」二十号　二〇一五年五月（「鳥のレッスン」改題）

vii　残暑見舞・・・　「宮古新報」二〇一二年八月

viii　ある異貌の描写　「アブ」十三号　二〇一三年五月

蝶形骨について　「うらそえ文芸」十六号　二〇一一年五月

時空論

i　紅に導かれ　「宮古新報」二〇一二年十二月（「紅が導けば」改題）

ii　黄泉図らしい文字　「宮古新報」二〇一四年八月（「時空論#2」改題）

iii　夜の底　「宮古新報」二〇一四年六月（「時空論#1」改題）

iv　風前の・・・　「宮古新報」二〇一三年二月

v　内側の水辺　「宮古新報」二〇一二年五月

vi　言語のように　「宮古新報」二〇一四年十月（「時空論#3」改題）

vii　来ない旅　「宮古新報」二〇一二年七月

viii　風の異変　「宮古新報」二〇一二年十月（「嵐の夜に」改題）

ix　無のための輪唱　「宮古新報」二〇一二年十一月

x　リメンバー　「宮古新報」二〇一三年十二月

xi　ミルキーウェイに沿って　「宮古新報」二〇一三年八月

xii　歩行と呼気と・・・粒子　「宮古新報」二〇一四年二月

ある喫茶にて　「琉球新報」二〇一五年九月

あとがきに代えて

ただひたすら〈私で在るため〉に思考を巡らし続ける営為は、すでに死語として時代錯誤であり独善であり未熟であり反社会的であり無益なのだろうか。

しかし、むしろそれこそが現在のように地球規模の同時多発的な環境破壊、自然災害、テロリズム、また沖縄県で露呈するポスト植民地支配、福島県で噴出する原発政策の欺瞞、そして世界的な民族主義の台頭、軍国志向とファシズムの復権、十九世紀以前ではないのかと見紛うばかりの大企業のブラック化、教育、メディア、世論の右傾化等々・・・の押しよせる末期的かつ過度期にこそ、最も吟味検討されるべき不可欠な第一義の事柄ではないのだろうか。むろん、その思考と営為の突き刺さるすべての現在と状況は〈私で在るため〉の否定と破壊へ、敗北と消滅へと、つまりは不可能性へと突き進むように見えるが、しかし、私たちはあまりに〈誰かであるため〉にエネルギーを傾注しすぎるのではないか。

あるいは、そう仕向けさせられているのではないか・・・。

そして、それら堅固なシステムの渦中で、私であろうとすればするほど私は〈異貌〉であることを露呈し、〈時空〉のどこにも非在となり、書き留めようとすればするほど文字は読みづらくなり、黄泉図と錯綜し、逸脱する記述は〈死臭〉を放ち・・・しかし、それでも〈私〉は臭覚を研ぎ澄まさねばならず、死臭は分解し蒸発し、やがて粒子となり光にもどる・・・その地点だけが、いはゆる〈詩集〉と呼ばれる〈存在の書〉と接触する幽かな地点ではないのか・・・。

とは言うものの、一冊の本と呼ばれるものを刊行するためには世事的な諸般の事情を克服しなければなりません。その煩わしさを忍耐強く共有して下さったコールサック社の鈴木比佐雄さんやスタッフひとりひとりの皆様に多大な感謝の念を、ここに書き留めさせていただきます。

下地ヒロユキ

二〇一六年九月三〇日

著者略歴

下地ヒロユキ（しもじ　ひろゆき）

一九五七年・沖縄県宮古島市（旧平良市）生まれ

詩集　『それについて』（二〇一〇年　私家版　古仙文庫）

第三十四回山之口貘賞　第十五回平良好児賞

『とくとさんちまて』（二〇一一年　花Ｖｉｅｗ出版）

『読みづらい文字』（二〇一六年　コールサック社）

現在　歯科医師
日本現代詩人会会員
「宮古島文学」同人

石炭袋

下地ヒロユキ詩集『読みづらい文字』

2016年12月11日初版発行
著　者　下地ヒロユキ
編集・発行者　鈴木比佐雄

発行所　株式会社 コールサック社
〒173-0004　東京都板橋区板橋2-63-4-209
電話 03-5944-3258　FAX 03-5944-3238
suzuki@coal-sack.com　http://www.coal-sack.com

郵便振替　00180-4-741802
印刷管理　（株）コールサック社　製作部

装丁　奥川はるみ

落丁本・乱丁本はお取り替えいたします。
ISBN978-4-86435-275-8　C1092　￥1500E